# 貓給你受用一生的禮物

蒂・瑞迪 Dee Ready——著
屈家信——譯

在遇見達西之前，
我自己並沒有什麼願望。
我對人生充滿悲觀的態度，
覺得人生難以掌控。
無論是現在、下週或者明年，
我沒辦法對未來充滿更多期待。

在我們的生命旅途中，
經常發現曾經志同道合的夥伴，
走到最後反而成為陌生人。
年輕時候的親密愛侶，過了幾年後，
發現彼此根本是不同世界的人而選擇分離。

如果我們失去笑的能力，
無論對自己或對別人，
就會變得尖酸刻薄，
生活也會變得索然無味。

直到達西進入我的生命中，
我從她身上看到自己是可愛的，
也開始覺得未來或許有些不一樣的變化。

當我靜下心來，
傾聽內心的聲音，
讓我的直覺做出決定。
我發現當下的局面並非不可改變。

為了追尋前方的愛，
我們敢站在懸崖邊，
勇敢地跨越深淵嗎？

我與達西相處的 12 個習慣，
就是送給你永恆不變的祝福……

為了找到自我，
我們一定要認識自己，
而且相信自己。
了解自我也被人了解，
去愛也被人愛，
這就是幸福生活的祕訣。

【譯者推薦】

# 貓生得意，人生無慮——給眾貓奴的幸福備忘錄

屈家信／臨床獸醫師

所有生物中，貓無疑是最難以捉摸又令人著迷的動物之一。他們是少數可以同時將靈巧與笨拙、天真可愛又老謀深算等看似矛盾的表現，完美融和在一起且讓人看不出破綻的藝術家。他們是天生的戰略高手，不僅鼠蛇鳥蜥為之俯首，連體型大上數十倍的人類也心甘情願成為貓奴。

根據農委會寵物登記資料庫的統計，十年前狗貓登記隻數的比例大約是三比一。近年來貓口數逐漸上升，二〇二一年更直接衝破十萬隻，同時首度超越狗口數，比狗多出一萬餘隻。今年（二〇二二）光是上半年的登記數，貓已經比狗多出一萬隻。

貓族正快速地成長，準備征服更多人類。

我作為小動物臨床獸醫師至今已超過一萬多個日子，即使現在有愈來愈多精密的醫療儀器能幫助診斷，有時仍不容易快速且精確地掌握毛孩子們最迫切的病痛及感受。非常羨慕瑞迪女士擁有達西這麼一隻善解人意的貓，她充滿自信、耐心、高傲又優雅；更重要的是，達西直接讓瑞迪女士知道她心中最真切的渴望與感受，不叫人費心猜疑。

如果每位貓病患都能直接開口讓獸醫師知道要怎麼幫助他們，解釋為什麼要亂尿尿，為什麼不吃飯；或者能了解生病時一定要乖乖吃藥，打針時會有一點點痛，但是要忍耐，不能咬人。對於眾貓奴而言，如果可以更洞悉主子的情緒，投其所好，儆其所惡，必定能將主子伺候得稱心如意。貓生得意，人生無慮。也許，這一切祕密就藏在本書中唷！願大家都能得到偉大貓神的眷顧。

# 目錄

CONTENTS

| 給人類 |

# 記得，愛永不止息

達西認為這本書是為大貓小貓所寫，然而她的習慣也深深地影響了我的人生。美國詩人華特 · 惠特曼曾説：「我的人生歷練成就了我的世界。」對我來説，我的世界是經由達西所造就而成。

我深愛著達西，達西也同樣愛著我。這本書是達西送給我的禮物，而我又將它與大家分享。最後這份禮物再返回到我身上。如同一個永無止境的生命輪迴，不斷地新生與重生。我與達西的愛也將永不停歇地輪迴，直到盡善盡美。

在取得達西的同意後，我也把自己的一些想法加入她的書中。在她的每一項習慣和小故事之後，我會與大家分享這些習慣如何影響了我的人生。

達西的習慣讓我們的生活更加豐富美好，充滿永恆不變的愛。我何其有幸，得到她的愛，因為達西的教誨，我們存活在神聖造物者的永恆之中。

——蒂

# 從一封邀請函開始……

｜給小貓和大貓｜

## 我們是人類幸福的泉源

多年的生活經驗讓我成為一隻睿智的老貓。趁著我在荷包牡丹花叢下打盹時，街坊鄰近的貓們悄悄地靠近，想窺探我生活美滿的祕密。

我知道再過不久，就會蒙受偉大貓神的寵召，帶我回到充滿愛的天堂樂園。離開前，我要把十二項良好的習慣傳承給眾貓們。無論老小，都可藉由它們的引領，找到生命中最美好的福祉。

你渴望喜悅的生活嗎？有一對隨時供你躺在上頭的大腿，加上輕聲細語地歡迎你？吃不完的美味鮪魚罐罐以及永恆不變的愛？跟著這十二項習慣做就對了。

在炎日下慵懶地聽故事是件享受的事，在介紹每個習慣時，我也將一些親身經歷的簡短故事穿插其中。也許回想起我的生活經驗，能幫助大家記得這些習慣。

至於這十二項習慣，哪一個最重要呢？只要任何一個習慣能引領你走向幸福生活，就緊緊地擁抱它，忠實地跟隨它。

透過與我彼此相愛的一位人類，我完成了這本書。她就是我幸福生命的來源。

——達西

習慣1

# 培養自己的獨特性

愛有一種魔力，不需任何代價，
愛就能讓我們變得特別。

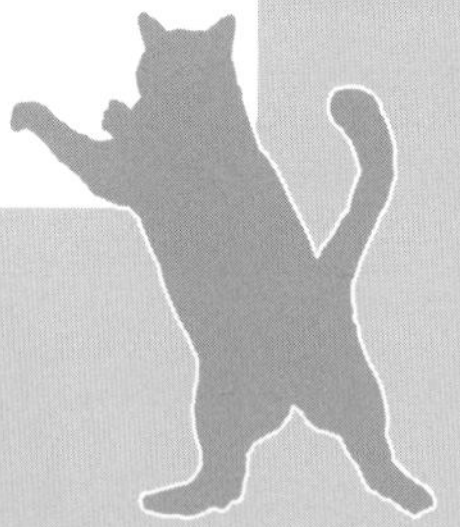

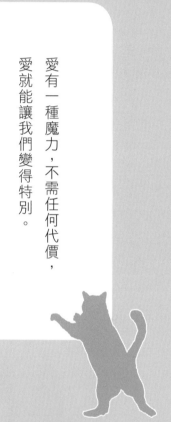

# 我們不斷練習獨特性

貓族們天生就比人類更具有智慧。即使像「我的人」已經十分完美，她還是缺乏和我一樣的天賦。這也就是為何第一項習慣如此重要，因為它可以幫助我們訓練這些人類，讓我們的生活變得更加滿意。我已經用了十七年來實踐這個習慣，即使在我還是個小小貓時，也比同年齡的其他貓表現得更優秀。「我的人」完全同意我的看法。

我出生在一個箱子裡。十天大時睜開了雙眼看世界，耳朵也開始能聽到聲音。我好奇地盯著我的母親瞧，她是如此巨大，讓我充滿安全感，但是又不會讓我覺得害怕。玳瑁色的耳朵警覺地豎起，四平八展的鬍鬚顯得炯炯有神，身形完美。當她輕舔我的毛髮時，在耳旁訴說她的名字——那塔莎。

環顧了一下周遭，我還有一個哥哥和兩個姐姐。斑塊花紋黃色毛髮的是哥哥，一個姐姐是虎斑紋，另一個是灰白花。至於我，有著黑白分明的毛髮，額頭以及耳朵是黑色，身體兩側有著乳牛般的黑白斑塊。不用說，四個手足中當然是我長得最漂亮，至少「我的人」也是這麼覺得，這樣就足夠了。

當我和哥哥姐姐依偎在母親身旁時，她告訴我們，這裡是我們的第一個家，但是不久後就會有人把我們帶走。我們應該做好準備，迎接那一天的到來。她說人類可分為兩類，一類是貓的理想伴侶；另外一類只想做老大，強迫我們成為他們的寵物。

感謝眾貓之神眷顧我，「我的人」屬於理想伴侶那一類。當然，我對於她的訓練也是關鍵。我讓她知道，我是她的最愛也是唯一。達成這樣的心願，也得歸功於那塔莎的教育，她教導我的第一個習慣，就是培養自己的獨特性。唯有如此，你的人才會永遠深愛你。

以下就是我培養自己獨特性的方式。那塔莎日以繼夜地叮囑著我們四個小毛頭，練習擺動尾巴的方式，掌握喵喵叫或者沉默不語的溝通技巧，以及高深莫測的眼神。也許有些毫不在乎自己未來是否幸福的貓，會覺得這些練習很無聊。但即使幼年時期的我，也已知道這些練習至關重要，它能決定你是否能成為一隻上等貓。

接下來的幾週，母親傳授我們自古流傳下來的貓族神技，如何成為主宰者的藝術。比如說準備發動攻擊前的鄙視表情，虛張聲勢的炸毛，不爽時的低吼。用我們的前爪抓著皺巴巴的襪子，然後再用後腿把它踢到俯首稱臣。

母親示範給我們看什麼叫優雅的伸展。每當小憩片刻之後，我們都會練習以下動作：把前腳往前伸直，壓低身子，再把背脊向上拱起，然後打一個大哈欠。接下來身體重心往前移動，打直後腳，輕輕抬起，從頭到尾形成一個完美的曲線。我們不斷地練習，好將這些動作做到最優美的程度。因為幸福跟著優美而來，那種具有獨特性的美。

你是否比其他的小貓動作更為輕盈？在夜深人靜時可以高唱出美妙的旋律？優雅大方地上廁所？無論任何動作，都要展現出了自己完美無瑕的那一面。我們終其一生都應該不停地練習，培養自己獨樹一幟的美。當幸福來敲門時，你自然就是雀屏中選的佼佼者。

——達西

給人類

## 寫寫看，自己的獨特性

當我們還是個孩子時，我們都是世界的中心，整個世界都圍繞著我們運轉。

「你看，我用紙摺了一隻小鳥！」我們咯咯地笑。

「我知道一加一等於多少！」我們神氣得意地說。

「你看我種的豆子，它們發芽了！」彷彿我們臉上的笑容，就像陽光一樣照射在這些種子上，是我們讓它們發芽。

那時候，我們的世界十分微小，認識的人不多，也還沒有發展出長大後喜歡批判他人的壞習慣。每認識一個人，都是一次新的冒險旅程。我們不會將他們視為學習時或工作上的競爭對手，或者要和自己搶賣場所剩不多停車位的人。

長大後，我們的世界迅速擴張。但不知不覺中，大多數的人們失去了自我的獨特個性。我們只不過是這混亂世界中的一員，每個人都一樣混亂瘋狂。

每個人都在吶喊，「我的錢不夠花。」

每個人都在埋怨天氣太糟。

每個人都感染一樣的感冒病毒，出現一樣的症狀，服用一樣的藥物。只能無奈地嘆了口氣，接受我們不再特別的事實。我們只不過是渾渾噩噩過日子人群中的一員。

過去幾年中，達西重新教導我認識獨特性。無論在哪裡她都是最亮眼的，因為她深深被愛著。愛有一種魔力，不需任何代價，愛就能讓我們變得特別。

我對達西的愛，讓她成為我眼中最獨特的貓。懂得靜靜聆聽我說話的她，深得我喜愛。她知道她有多麼可愛。

觀察到達西充滿自信地展現自我，我決定找一天也來發覺自己的獨特性。關於蒂・瑞迪這個人，左思右想，我只找得到兩個優點：孩子們喜歡她；她有幽默感。

在稍微感到失望之餘，我問了四位朋友，請寫下在他們心目中，我有什麼特點。沒想到每個人都列舉出十五條以上的特點。

朋友們寫下的事項讓我大感意外。例如：蒂・瑞迪很大方，很搞笑，自動自發，富有創造力。這些評語讓我欣喜之餘，也覺得有些不好意思。他們說的人真的是我嗎？我真的有這些特性嗎？蒂・瑞迪是個忠誠的人，一個很好的聆聽者，一個很會說故事的人。

漸漸地，他們說的話在我心中生根發芽。沒錯，我和其他人不完全一樣。

我過著我自己的日子。

穿著那雙邋遢球鞋的人是我。

我把我自己的生活弄得一團亂，感情的事也處理不好。達西愛的人是我。

達西表現得總是那麼穩重而充滿自信，幫助我也沉靜下來，進入內心深處。在那裡，我和達西合而為一，一切事物都自發性地向善發展，充滿喜樂。在那裡，達西幫助我找到自我，一個我真正希望成為的自己。

事實上每個人的內心深處，都有個聖潔的地方，寧靜又良善的地方。在那裡等著我們的是真實的自我，一個如同孩提時期，充滿愛的力量的美好地方。

只要我們能堅定且平靜地進入內心深處，就能重新看到自己的獨特性。也許我們還會找到已經被遺忘許久，充滿愛與情感的自我仍在那裡。

藉由不斷地練習，我們將會重新成為獨特又可愛的人。這是蒼天所賜予的禮物。

——蒂

習慣2

# 發掘內心真切的願望

發覺你自己的願望，夢想它有一天會成真。
只要肯做夢，願望總有一天會實現。

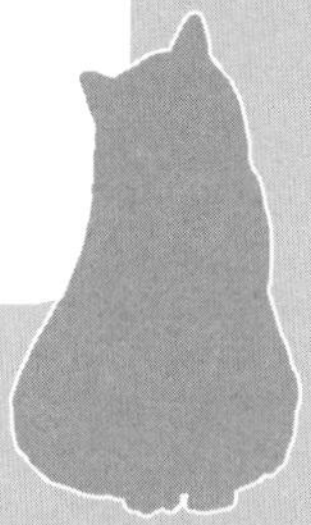

## 我們天天都有夢

這部分是那塔莎教給我最棒的一個課題。如果你的母親不曾教導過習慣二，那麼你可以從我以及我的母親身上學習。

母親與人類在一起的生活，以及曾經短暫地在街頭流浪的經驗，培育出她的聰明智慧。在我只有幾週齡大的時候，母親就灌輸給我她的深刻見解。她並非一直住在位於德通市溫暖的家。第一個人類把她照顧得很好，但在她一歲的時候，全家搬離，而母親選擇不跟隨他們離開。

接下來的日子，她四處尋找新家，希望找到另一個值得訓練的人類。在某個下著雨的秋夜裡，她找到了一個還算滿意的新住所，也就是現在我們住著的地方。這裡的人懂得尊重貓族的尊嚴。遺憾的是，屋子裡還住著另外兩隻貓。但母親沒把他們放在心上，因為假以時日，她一定會想辦法讓他們離開。

在訓練我們表現出獨特一面的同時，母親分享了她內心深處的最真切渴望。這個心願同時也傳承自她的母親。現在，她要再傳授給我。祖孫三代的願望就是找到一個「單貓人」。那塔莎告訴我，只有等到那天到來時，我們才能真正體會生命有多麼美好。

對母親而言，這份願望尚未完成。對我來說，這份願望已成為我此生所尋求的目標。當暗夜來臨，睡意籠罩著我時，我向眾貓之神祈禱，祈求祂的指引：

我將和誰一起生活？

我將訓練誰？

誰來愛我？

渴望我的統領？

他會好好珍愛我。
看我開心地吃鮪魚罐罐也跟著開心。
這是貓族天賦權利。

這是我的未來，
我的願望，
我渴求：
只有我倆，一貓一人
合為一體的生命。
這份心願多麼可愛。
但何時才能實現？

母親的願望對我漫長一生產生了極大影響。我繼承了她的願望，它引領我的生活。你們也一樣，找到自己內心最真切的願望，讓它帶領你們走向幸福。

「我的人」實現了我的願望，她為了取悅我而活。她知道我對什麼東西感到好奇，好比說在客廳為我準備一個空箱子；在她房間裡，一個衣物櫃最下層放運動衫的抽屜，永遠為我保持開啟；走廊上一處照射得到陽光的位置，鋪上一張藍色花呢格子毛毯，除非清洗，否則永遠鋪在那兒。

最重要的是，家裡沒有其他貓。她是個只有一隻貓的人類。雖然過去她曾帶了其他貓回家，但最後她終於在我的心願指引下，做到成為「單貓人」。

發覺你自己的願望，夢想它有一天會成真。只要肯做夢，無論大貓小貓，願望總有一天會實現。

——達西

給人類

## 記得，許下願望向前行

我和達西在一起生活了多年後，才終於了解她的願望。在她九歲的時候，我才發現她希望我是個只擁有一隻貓的人。自從發現這點後，我就再也沒帶過其他貓回家。我們倆相依為伴很多年，對彼此的感情歷久彌堅。

在遇到達西之前，我自己並沒有什麼願望。我對人生充滿悲觀的態度，覺得人生難以掌控。無論是現在、下週或者明年，我沒辦法對未來充滿更多期待。多年以來，我始終是自己一個人過生活，而日子過得枯燥乏味。

直到達西進入我的生命中，我從她身上看到自己是可愛的，也開始覺得未來或許有些不一樣的變化。但是仍然提不起勇氣，也沒有信心去編織有關未來的夢想。我不敢相信未來會變得愈來愈好。

直到達西送給我她的第一本書。她的故事是如此美好，不禁讓我開始幻想自己也許可以成為一位作家。我想去描述關於貓的特殊行為表現，想去探討人類與動物之間的深厚感情。這樣的情感連結就存在於我和達西之間。她對我的愛，讓我敢去做夢，敢追求自己想要的生活。

內心最深切的願望，像是天空遙遠又明亮的星光，在漫漫長夜裡，平撫心中的恐懼，引領著我們的方向。

像是溫煦又堅毅的陽光，讓我們內心渴望的種子萌芽。

像是燈塔，指引我們入港停泊。

像是在心中迴盪著優美動人的旋律，讓我們歡欣地迎接每個早晨。

願望激使我們向前行，它召喚著我們，凝聚我們，讓我們看到未來的希望，賦予生活更具生命力。達西教會了我這些事情，我相信她的智慧。

我的願望讓我向前行，在看不到轉機時仍保持樂觀，不因生活中的瑣碎雜事而意氣消沉。因為心裡的願望，我對當下知足滿意，而且相信未來會變得愈來愈好。

——蒂

達西鼓勵我們發現內心深處的願望，去擁抱它。在它引領我們朝著目標前進時，也提醒我們莫忘初衷，讓我們的生命更為圓滿。

達西知道願望成就了我們的獨特性，所以她的第二個習慣也造就了第一個習慣。

習慣3

# 聰明地選擇所愛

我們一起發掘彼此的獨特性，
鼓勵對方聆聽內心真正的渴望，
然後盡我們所能，陪伴著彼此完成心願。

## 我們做出決定不後悔

有許多小貓本能性的依循著習慣三去挑選他們的人，從此過著幸福快樂的生活。另一些小貓就選得沒那麼好。我們一定要明智地去挑選未來的人類，並且勤加訓練他們。要知道，人類是一種需要不斷被教化的動物。

在那塔莎教導我們如何表現出貓模貓樣的那段日子，同住的人類經常出入我們的房間。其中有一個人就睡在房內，其他的人則在附近活動。等到熟悉他們的氣味後，我不再對他們龐大的身軀感到害怕。

此外，屋裡還有另外兩隻貓，他們就睡在房門外，似乎總是盯著我們看。當人類回來時，一定會彎下腰，摸摸那兩隻擅於阿諛奉承的傢伙。可以看得出這些人類的品味實在不怎麼樣，不值得信任。事實上，大多數人類都是駑鈍的生物，好在「我的人」經過我不斷地訓練後，已經可以展現出自己獨特的個性。

對她的第一眼印象就十分令我滿意，來說一下我們是怎麼相遇的：那天進入房間後，她在我們生活的箱子前跪下，伸出手指，讓哥哥姐姐和我聞聞她的味道，好好觀察一下這個人。她不像其他冒失無禮的人，第一次見面就直接搓揉我們的毛髮，這個動作可是需要經由我們恩准。所以她的表現可以說得體而有教養，算是一個好的開始。

接下來，她躺在地上，慢慢地伸出手指，輕輕地滑過我的毛髮。你知道我為何認定她就是「我的人」嗎？因為在四個手足中，她最先抱起我。沒錯，就是我。她輕聲對我傾訴愛意，讚美我的鬍鬚又細又長，毛髮柔柔亮亮，烏黑的尾巴像根黑檀木。

當我沉浸在她溫暖的手掌中，嗅聞她呼吸的香氣，我也做出決定，就是這個人了。我的餘生都將與這個人共度。我將會用喵聲指揮她，而她會樂於服從命令。我相信，她就是那個「單貓人」，而我當然就是唯一的那隻貓。

在很多年之後她才告訴我，我們相遇的那天正好是她的生日，而我就是那份最棒的生日禮物。我非常愛她，在一起生活了十七年之後，我更愛她。

「我的人」暫時向那塔莎和我道別，她必須等我再長大一點時才能帶我走。我迫不及待地等著她回來，就在那天我也許下我的心願：她將完完全全地屬於我，並且滿足我所有需求。她一定是「單貓人」。

我的生活看起來十分完美，其實這些都需要精心計畫。首先你需要學習前三項習慣：培養自己的獨特性、發掘內心真切的願望，以及聰明地選擇所愛。

但即使你熟悉了前三項習慣，這也只是個基礎而已，並不保證你的生活就能和諧幸福。因為人類是一種十分善變的生物。你必須完整地實踐書中描寫的十二項習慣，才能讓你的生活真正幸福美好。

——達西

## 記得，有時結束是最好的選擇

和達西一起生活的前九年，我不停地帶了新貓回家。儘管如此，達西並沒有放棄把我塑造成為「單貓人」的願望。這麼多年來，她始終認為自己已經做了聰明的選擇，我就是那個最適合她的人。

無論是選擇朋友、選擇同伴，或者選擇所愛，對我們來說從來不是一件簡單容易的事。在我們的生命旅程中，經常發現曾經志同道合的伙伴，走到最後反而成為陌生人。年輕時候的親密愛侶，過了幾年後，發現彼此根本是不同世界的人而選擇分離。

有些時候，結束彼此的關係反而是最好的選擇。有些人會妨礙我們的自我發展，阻礙我們成為內心深處真正想要表現的自我。

在另一方面，並非所有出現摩擦的人際關係都會走向結束一途，彼此調適是必要的。就像是航行在風暴中的船，我們得修正航向，突破風雨，直到我們抵達平靜的水域。

只要我們能聰明地選擇伴侶，因為彼此相愛而願意了解對方真正的需求。但這份愛必須是自由且無私的。我們跟隨著達西的前兩個習慣：

我們一起發掘彼此的獨特性，鼓勵對方聆聽內心真正的渴望，然後盡我們所能，陪伴著彼此完成心願。一天又一天，一年又一年，終其一生。

那麼我們要如何遵循習慣三，聰明地選擇所愛呢？

達西教導了我，在選擇朋友或伴侶時，我們是否會因為對方而變得更好？有些人能鼓勵我們成為內心真正想變成的人，並且喜歡我們最真實的一面。

我覺得幽默感很重要，沒有人能在失去笑聲的世界中存活。我想要跟他人分享彼此的興趣以及價值觀。

達西讓我知道，如果有人要求你一定要按照他的方式生活，沒辦法接受你原本的樣子，或者想把你塑造成他所喜歡的模樣，那麼就應該避開這些人。

如果這個人就像是電影《窈窕淑女》中的希金斯教授，希望把你這個伊萊莎塑造成他理想中的窈窕淑女，那麼你們的未來從一開始就註定是場悲劇。如果伊萊莎也反過來要求希金斯成為她所喜歡的樣子，那更是一場毀滅性的大悲劇。

達西教導了我，選擇一位願意和你一起享受這趟人生旅程，共同面對旅程中所有喜怒哀樂的人為伴。也許未來充滿了未知的變數，充滿挑戰與挫折。而彼此的夢想與希望，就像是駕駛座旁擺放著提神的咖啡和地圖，我們始終能緊握方向盤，一起駛向未知的山丘、谷地與髮夾彎。

如果我們能了解所愛的對方可能隨著時間而有所成長或改變，只要對彼此忠誠，這趟旅程仍然可以一起走下去。有時是希金斯教授掌控方向盤，有時是伊萊莎。

有時希金斯教授會比對地圖，看看有沒有走錯路，有時是伊萊莎負責導航。偶爾旅程中可能遇到車禍，誤入岔路，或者路邊找不到餐廳及可以休息的旅店，但彼此始終不離不棄。

雖然達西認定我就是她的人這件事，起因是她覺得我是可以被訓練的。我並不是告訴你們，要找一個可被訓練的人來愛，而是說要找到某個可以和我們一起實踐達西的十二項習慣的人，一起坐下來，分享並共度人生旅途。

不過人生並非每件美好的事都是選擇而來。有時候我們遇到某個人，就立刻知道他正是我們心目中的理想伴侶，夢寐以求且命中註定的另一半。

我相信我就是達西所說的「我的人」，而她就是我的貓。共同生活了那麼多年後，我發現我們的生活完全就是依照達西十二項習慣而自然形成。

如果有人對你說：「我很喜歡這些習慣，讓我們一起來實踐它們吧。」那麼你已經得到偉大貓神，那位充滿大愛的貓神所眷顧。

——蒂

# 習慣4

# 持之以恆，永不放棄

我不知道這些改變到底是何時，
又是如何發生的。
偉大造物者對我們的愛，
本來就不是凡人能夠理解。

給小貓和大貓

# 我們總是許下願望，永不放棄

看看現在的我，也許你會以為我的生活一直以來都是那麼順遂。事實並非如此，從「我的人」闖入我的生命中，我就對她有諸多埋怨。然而我一直努力地建立彼此和諧的關係。相信我，做到習慣四並不是件容易的事。人類是一種非常容易犯錯的動物，不過就算我也經常感到挫折，但是她仍然是最棒的人類。

從我們開始一起生活，她就陸續犯了不少錯誤。生氣的我，嘶吼抗議了不知多少個月。但是最後我仍優雅地在最壞的情況下做出最佳表現。我堅持自己的選擇，聽從內心的願望。

自從「我的人」離開我的第一天起，我就殷切地等待她再次出現。同時，母親開始密集地傳授我，如何訓練人類服侍並滿足我所有需求的技巧。即使在睡夢中，我也夢見自己的宿命。

那段時間裡還有另外兩個人來過，並且從箱子裡抱走了兩個姐姐。此後我再也沒見到兩個姐姐。不過我一點也不想念她們，一心只期待「我的人」與我幸福生活在一起的日子早日到臨。在我九週齡大時，她終於來了。我歡呼地發出勝利的咕嚕聲，準備向那塔莎以及哥哥道別。

沒想到接下來，屋子裡的人居然又抱起了哥哥，嘴裡說著什麼。那個時候我能聽懂人類的話語並不多，所以不知道他們和「我的人」說了些什麼。只知道當我們離開時，哥哥也跟著一起來了。如果我的哥哥也跟我們住在一起，「我的人」怎麼可能是「單貓人」？

也就是說，從我們生活在一起的第一天，就遇到生命中第一次挫敗。原本我以為只要想辦法把介入我生活中的哥哥趕走就好了，但隨即發現這不是件簡單的事。因為「我的人」實在太仁慈了，一旦她選擇了一隻貓，就會一輩子對他忠誠。無論是一隻貓，或者所有貓。

很快地，「我的人」就發現我比哥哥優秀不少。當他舔理自己的毛髮時，總是發出吵雜的口水聲；而我則是十分有潔癖地把自己打理得光鮮亮麗。我跳得比他高；我的吃相比較優雅。更不用說上廁所的時候，我總是表現得極度有教養，我從不曾在「我的人」面前上廁所。追逐自己尾巴的動作也是無與倫比的美妙。

我們之間的差異極其明顯：我靈巧而他笨拙。我能唱出古老貓族的優美歌謠，而他的歌聲五音不全，荒腔走板。他巴望著聽到人類的聲音，一整天喵個不停。而我呢，就算是什麼話都不說也能與人傳達心意。

當「我的人」把我們倆帶到一棟兩層樓的公寓頂樓時，我確信不用過多久，她就可以看出我有多麼特別。

有天晚上「我的人」、我和哥哥相依在床上，哥哥倚著她的頭而臥，而我蜷縮成一團睡在她的胸口。我抬起頭，貼著她的肩膀，告訴了她我的名字：我是最甜美的達辛妮亞。

「我的人」用鼻子貼著我，對我說：「我現在非常需要甜美的你，達辛妮亞。」

接下來，她抱起了我那橘子果醬顏色的哥哥，他喵了一聲，也說出了他的名字。他叫以實馬利——流浪者之名。她捧起哥哥的臉，對他說：「以實馬利，請不要跑太遠，達辛妮亞和我都會想念你。」

這才不是真的呢，如果以實馬利走丟了，我一點都不會想念他。他的存在就表示「我的人」會對著他訴說有趣的故事，會撫摸他的毛，會搔抓他的下巴。只要他待在這個家裡，「我的人」就不可能是「單貓人」。但不管怎麼樣，我肯定是她最喜歡的貓，我的甜美可愛完全擄獲她的心。

她將我和哥哥的名字縮簡為達西和以實。她說我們三個是永遠的朋友，永遠要住在一起。坦白說，我並不把以實當朋友對待，但是我仍然表現得很有禮貌。「我的人」對待我們的態度完全一樣，摸了其中一隻，接下來一定會摸另一隻。說話的時候總是對著大家一起講。如果我有罐罐吃，也一定少不了以實那一份。

她幾乎一視同仁地對待我們，不過我相信，我一定還是她的最愛。只要我對她的愛堅貞不渝，她一定也能感受到我給她的所有祝福。不過她還是得解決掉我那個絆腳石老哥。

當我發現住家附近有個叢林時，如何把哥哥趕走的問題似乎浮現出解決辦法。只要我能保持耐心，靜待那場災難的發生，我的願望即將成真。我不會背離「我的人」，我的願望也不曾動搖改變。在發現住家外頭，有一整片用圍籬圍起的樹林後，我和以實都覺得很高興。

這是一片神奇的樹林，充滿了迷人的薄荷香味，粗糙的樹皮，爪子踩在碎石徑上發出的喀啦喀啦聲響。白天的時候，「我的人」會讓以實和我沿著階梯走進叢林探險。我突然想要唱歌，這些歌詞自然地從我心中湧現出來：

是誰潛伏在黑鴉鴉的樹叢後，
鬼祟的身影想挑戰我的技能。
你們將步入我布下的陷阱，
妖魔鬼怪最終都會被我俘虜。

追蹤圍繞著我的無聲之音，
我的動作只會變得愈來愈敏捷輕盈。
我要進入叢林的深處探險，
看不見的危險真是緊張又刺激。

每天我和以實都會進入樹林裡玩。跳到高處準備向對方發動攻擊。我們嘗試各種主導戰局的技巧：發出嘶吼，豎直尾巴，或者閃爍的眼神。最後因為太累而打起瞌睡，夢中仍然繼續打獵。

在叢林裡，以實和我了解命運之神為何把我們帶來這裡，因為這裡有狡猾的對手——松鼠。第一次看到松鼠，是進入樹林探險後的第三天。當時牠正從樹上疾走而下，發現我們埋伏在樹下，打量著牠圓滾滾的身體。立刻竄逃回安全的高處，對著我們發出討厭的吱吱叫聲。

我爬上那棵橡樹，準備抓住牠，但是牠輕輕一跳，就跑到旁邊的楓樹上。我永遠忘不了牠那狡猾猥瑣的表情。每天我都會想出新的戰術對付牠，但最後都被僥倖地逃掉。戲弄牠還滿有趣的，只不過這隻松鼠沒什麼幽默感，不能體會貓抓老鼠遊戲的樂趣。

在樹林中，以實也發現了他的願望。他經常會突然從屋後的走廊衝向樹林，一直跑到最外層的圍籬前才停下來，鼻子緊貼著圍籬縫往外看，眼神中充滿了期待。一群孩童的嬉笑聲吸引了以實的注意。那裡是我老哥心之所向。

每當「我的人」打開柵門準備從叢林進入車道，以實就想衝出去找那些孩子。有時甚至會越過「我的人」，衝到馬路上。就當他停下來觀察這個新世界時，「我的人」立刻一把抱起他，把他緊緊抱在懷中，回到我們圍起的叢林中，告誡他亂跑可能會迷路。

以實一直忠實地追尋自己的心願，直到他永遠離我們而去，「我的人」才發現以實有多麼愛孩子。這是追尋夢想的必然結果，對於以實的堅持不懈，我也感到佩服。

要知道，以實的表現已經成功地改變我對他的印象，我慢慢地開始喜歡他了。他其實是個有趣的傢伙，看著他跑過草原，躍入空中，流暢地飛躍過碎石步道，然後完美的四腳落地。貓族總是能優雅的落地。

雖然喜歡他，但他的存在卻妨礙了我的願望成真。只要他一直待在這個家，「我的人」對我們的愛就會分成兩份。不過我一直堅持著習慣四，對於我許下的願望，永不放棄。你們也該這麼做，只有如此，你們才能體會和我一樣充滿福份的生命。

——達西

給人類

# 記得，改變隨時會發生

我有一位非常好的朋友，剛剛克服了自己的酒癮。過去幾年，因為酗酒的問題已經大大影響了她的人格。她變得刻薄又挑剔，我所說的每一件事，每一個決定，每一個想與她分享的夢想，都會被她批評得一文不值。

然而我卻沒辦法讓她知道我有多關心她，沒辦法進入被她用厚重荊棘隔離起的心房。她變得抑鬱寡歡，冷漠又苦悶。我多想念過去的她，我想念在她還沒有成為酒精的俘虜前，那個理性又自愛的朋友。

當我告訴其他朋友，那位犯有酒癮的朋友難以相處時，朋友回應：「為什麼要讓她說那些話傷害你？為什麼要理她？」我沒辦法放棄她，當我曾經一蹶不振的時候，她仍不離不棄地愛著我。現在我也不能棄她不顧。

達西告訴我要堅持不放棄地追尋自己的願望。她的願望是作為一隻被愛且唯一的貓。我相信，達西也希望我能堅持自己所愛，除非這份愛會摧毀我們。

因為這份信念，我知道那位朋友總有一天能夠感受到我對她的愛。只不過我無法再承受她的言語霸凌，所以減少彼此見面的次數，不再像從前一樣經常電話聯絡。甚至當她出言辱罵我時，直接掛掉電話。這位朋友需要幫忙，但是我沒辦法解決她的酒癮以及酗酒衍生出來的其他問題。

我所能做的就是為她禱告。每天我都會祈求神聖的造物者眷顧我和我的朋友，祈求祂不要放棄她。讓我的朋友看清自己的問題，承認自己需要幫助。且在她需要協助時，正好有人能出手幫助她。

我所能做的就是不斷地為她祈禱，相信我對她的關愛能藉由祈禱，喚醒在她內心深處存在的良善能量。當這股能量覺醒時，她的靈魂能夠成長茁壯，面對自己的問題。

兩年過去了。偉大的貓神聽見了我的祈禱，祂賜給我朋友改變的勇氣與力量。當我們再次聯絡時，我能感受到她的改變。曾經陰霾冷漠的她不見了，顯然她已經認識到自己的問題，且勇敢地擊敗那些無情傷害她的惡魔。現在的她有如浴火鳳凰般地獲得重生。

我不知道這些改變到底是何時，又是如何發生的。偉大造物者對我們的愛，本來就不是凡人能夠理解。但我相信我的禱告一定也促成了這些改變。感謝偉大的貓神。

——蒂

習慣5

# 彼此取悅

到底是想法改變而讓我們覺得好笑？
還是因為好笑所以改變想法？
如果我們失去笑的能力，
無論對自己或對別人，
就會變得尖酸刻薄，
生活也會變得索然無味。

# 我們愈老愈喜歡彼此

我愈來愈老了，老到已經沒什麼力氣玩遊戲。不過我知道讓「我的人」感到快樂是件很重要的事。人類喜歡聽我們美妙的喵喵叫聲，有時不出聲也能讓人感到愉悅。不要忘了，他們還很享受我們的舔舐，以及被肉墊觸碰的感覺。

住在德通市的公寓時，我和以實經常玩以下遊戲。晚上我們睡在她身旁，一大清早，我和哥哥就用玩樂的方法將她喚醒。她非常喜歡我們的遊戲方式。

她的身體有如賽道，我們越過她的腿，在她身上互相追逐。跳到她的胸口，再跳到頭上。我和哥哥扭打成一團，爭論著誰才是贏家，直到「我的人」睡眼惺忪地起床，拖著腳步準備張羅我們的早餐為止。

吃飽後，以實和我在床下跟紙團作戰。為了參予我們的遊戲，「我的人」會拖著一條繩子讓我們追逐。我們會假意追逐，然後乘其不備，轉向開始攻擊一旁的毛線團。這種爾虞我詐的遊戲技巧，能夠大大提升未來的狩獵能力。

每天早晨我們都會這樣玩一陣子，之後「我的人」會更換衣服出門。到了下午，才會在胳膊下夾了一疊書回家。她會發現以實和我坐在門口歡迎她。因為她沒養過幼貓，所以一開始對於我們拱背炸毛，虛張聲勢的動作感到驚奇。她總是笑著誇讚我們很厲害，一次又一次打敗了隱形的對手。

有時我們在屋子橫衝直撞，飛越地上的障礙物，或者衝過她的腳前時，她會一把抱起我們，驕傲地說我們是世界上最棒的小貓。

晚間，以實和我玩購物袋的方式又逗得她哈哈大笑。我先躲藏在黑漆漆的牛皮紙袋裡頭，等著哥哥東聞西嗅地慢慢接近。他試探性地拍打了一下紙袋，接著撲了上來。我大叫一聲，立刻衝出紙袋。

以實緊追在後，於是我們展開一場模擬作戰。互相揮掌較勁，尾巴甩出我們高昂的情緒。在攻擊與撤退間，練習直接對決或迂迴避戰的技巧。玩到累時，我呼了以實鼻子一巴掌，重新躲回紙袋中。傻傻的以實又被我騙一次，重新展開你追我躲的遊戲。我還滿想念兒時的快樂時光，不過當然比不上之後我和「我的人」獨處的日子那麼滿意。

家裡的任何一樣小東西都可以讓你的人哈哈大笑。當我還小的時候，經常會跑到浴室，跳到馬桶座上，盯著有如神祕黑洞的馬桶裡頭看。我探低身子，小心翼翼地探出手，迅速地拍打水面，激起一大圈水花，濺得木頭便座上到處都是。

甩了甩沾到鬍鬚上的水珠，繼續浴室的探險。拍打水面發出的聲音，總是會吸引「我的人」前來。她站在門口，笑著望著我。你瞧，取悅人類就是那麼簡單。要記得常常逗他們開心。

每天早上「我的人」走進浴室刷牙，我都會跳到流理台上，緊盯著她來回揮動的手，有時還會伸出手抓住她的手腕。當她打開水龍頭沖洗牙刷時，我則熟練地拍打落下的水柱。這些動作都讓她感到歡欣，對著我訴說有多麼愛我。

即使到了現在，我和「我的人」都愈來愈老，我仍然持續地帶給她喜悅。她微笑地看我在陽光下晾曬著肚皮；我抓住她的的手指舔，也可以逗得她咯咯笑。她抱著我在屋內跳舞，不斷地告訴我，我在她的心目中有多麼重要。找出對方喜歡的事物，並且取悅於彼此，能讓生活更美好。

——達西

給人類

## 記得，幽默感和笑聲

朋友們說的笑話，有時逗得我差點尿濕褲子。我似乎是個笑點很低的人，明明聽起來很普通的故事，也可以讓我笑到喘不過氣來。很多年前，我就發現了達西第五個習慣有多麼重要。如果我們想讓生活過得優雅而平靜，保持幽默感必然是不可缺少的好習慣。

一位朋友醜陋的離婚事件，讓我再次體會到達西的智慧。為了簽妥離婚協議書，那位朋友花了好幾個月的時間找律師開協調會，其間更不斷地承受先生的辱罵詆毀，幾乎就快讓她覺得自己真的是個糟糕透的人。

她的善良反而激使她先生變得更加惱怒，在婚姻關係的最後一年，她的先生不斷地貶低她的價值，而她也習慣了那些不公平的批評。兩人最後終於走向離婚之路，之後每天下午，她都會打電話給我，告訴我早上她是如何被羞辱。

剛開始的時候，我只是靜靜地聆聽，沒有多說什麼。慢慢地，我會跟她分享在所有朋友的眼中，她是位多麼特別，有著良好個性的好朋友。聽完之後她感到很訝異，懷疑我說的人真的是她嗎？我試著告訴她，她有那些令人欣賞的優點，即使這些優點在她先生刻意的詆毀下似乎已消失殆盡，但我們這些朋友卻仍然看得很清楚。

那年冬天過了一半，她遇到了某人，那人讓她覺得即使離婚後，生活還是可以過得很好。她準備好實踐達西的第五個習慣了，在生活中找到其他樂趣。當我們聊到離婚的事時，我笑著指出，她先生說的話有多麼可笑又不成熟，我們也可以牙還牙地批評他無腦又膚淺。

幾個星期過後她告訴我，當先生再次批評她時，她擺出一副毫不在乎的態度，甚至不經意地開始回嘴。她模仿當下先生訝異又可笑的表情時，我忍不住笑了出聲來。

而朋友聽了我的笑聲後，也開始狂笑。一方面在笑她先生，一方面也在笑自己。笑著當下的情況，也笑著這一切經歷。

到底是想法改變而讓我們覺得好笑？還是因為笑所以改變想法？沒有人知道，只知道我們兩人是邊說邊笑。當看事情的角度改變時，心情也變得比較幽默輕鬆。也有可能是因為心境輕鬆幽默，看事情的角度就因而改變。

我相信幽默感和笑聲，是幸福生活的必備成分。如果太過嚴肅地看待事情，就會失去對生命的歡樂。如果我們失去笑的能力，無論對自己或對別人，就會變得尖酸刻薄，生活也會變得索然無味。笑容可以讓眼神閃現出光芒，紅潤臉頰，溫暖豐富我的心。

達西和我會互相取樂，她所建立起的生活模式帶給我很多歡笑。

而我的輕聲低語，我的撫摸觸碰，我對她滿滿的愛，也讓她感到幸福滿意。她教導了我，只要我能為朋友帶來歡笑，就能幫助他們在紛擾的生活中找到活力與樂趣。

——蒂

# 習慣6

# 保持包容開放的心

用包容開放的心傾聽「我的人」的需求，
安慰她，讓她慢慢從傷痛中走出。

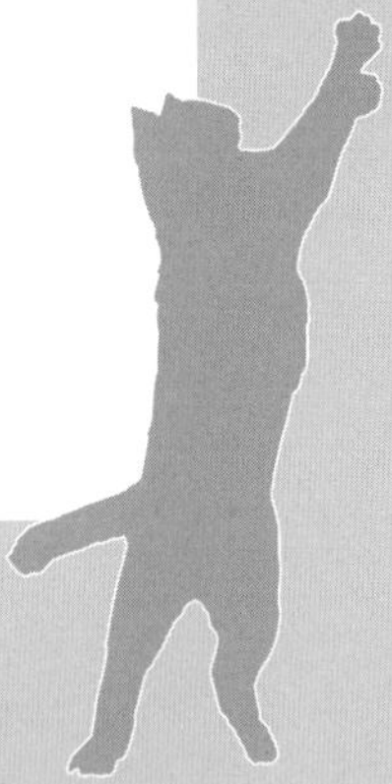

## 我們會靜靜等待，靜靜傾聽

因為人類是善變的生物，很容易出現大喜大悲等情緒變化，不容易保持平靜的心，所以習慣六這個教條十分重要。「我的人」難過的時候就哭，為了安慰她，我會躺在她的腿上，輕舔她的手指。我的哥哥為了追求自己心願的勇敢行為，造成了習慣六的形成。我發現保持包容開放的心去傾聽，是件非常重要的事。

當我和以實還是幼貓的時候，「我的人」帶著我們到明尼蘇達州的靜水城拜訪朋友。那天下午，趁著「我的人」和朋友聊天時，以實和我跑到陰暗又潮濕的地下室探險。

那天晚上我們已陷入熟睡，突然被屋外一陣孩童的嘻鬧聲吵醒。

以實跳到「我的人」的胸前，吵著要出門。睡意甚濃的她答應了他的要求，坦白說，每當「我的人」想睡覺時，腦袋就不怎麼靈光。她打開了前門，對著以實說：「待在院子裡，不要亂跑。」之後又爬回床上繼續睡覺。

那是我最後一次見到哥哥。兩個小時後，「我的人」和我到院子裡尋找以實，他已不見蹤影。或許是發現可以自由地跑到街道另一頭，任憑「我的人」怎麼呼喚，都不見他回來。

也許他聽見了我們的呼喚，只是心意已決要離開這裡。接下來的一整週，「我的人」每天都會帶著住在附近的另一個孩子，一起到街上尋找以實。她說她們已經找遍了所有可能躲藏的地方，無論怎麼呼叫以實的名字，都得不到他的回應。

直到我們非得離開的日子到來，我跳上汽車前座，迫不及待地想回家。我終於可以與「我的人」獨處，我的夢想成真了。但是在整趟回家的路途中，「我的人」不斷地啜泣。「他不見了，他到底跑到哪裡去？他會不會餓死街頭？如果他跑回去，卻找不到我們該怎麼辦？萬一有人傷害他該怎麼辦？」

眼淚不斷地從她的臉頰上落下，浸濕了她褪色的牛仔褲。「我弄丟他了，我失去以實了。我怎麼那麼笨呢，我們才剛到這裡，人生地不熟的，我怎麼就放任他跑到屋外去。」

我蜷伏在她腿上，盡可能地安慰她：

他走了，但我還在。
我的咕嚕聲只為討你歡心。
乖乖地聽從我的命令。

來吧，

好好接受我的訓練，
開心點，
當一個單貓人。
你的殷切服侍，
只為我。

不過我的安慰似乎沒能減輕她的傷痛，她仍不停地哭泣：「我只想知道有沒有好心人收養了他。只要知道他平安無事，我就不會那麼自責了。至少不用擔心他找不到東西吃而活活餓死。」

直到我們離開靜水城很遠了之後，她才停止哭泣。終於抹去臉上的淚痕，深深地嘆了一口氣。一面撫摸著我，一面低聲說：「感謝老天你還在我身邊，達西，謝謝你沒有離開我。」

對我來說，完全不會因為以實離開而感到難過。我太了解哥哥了。

當座車駛過橫跨在聖克羅伊河的大橋，迎向冉冉東昇的朝陽，我相信此時的以實應該正被一群嬉笑快樂的孩子所圍繞。

車子繼續前往新罕布夏州，我都沒離開「我的人」。只要一見她掉淚，我就會站起身，輕輕舔著她的臉。我用一顆包容的心，安撫她的傷痛。

即使回到了新罕布夏的克萊蒙特城，「我的人」仍未從失去以實的悲傷中恢復過來。我知道這時的她更需要愛，所以開始把捕抓到的獵物送給她當禮物。

在公寓後頭的樹林裡，我將那塔莎教導過的捕獵技巧都發揮出來。我抓到了一隻老鼠，但又被牠逃回樹下的洞穴中。我靜靜地守候在樹旁，看到牠從洞中露出鼻子嗅聞，想探查我是否已經離開。我仍然耐心地等待，直到牠卸下心防跑出洞外。我猛然撲向前，接著開始享受這鮮美的野味。

白天時我都在樹林裡開心地四處探險，下午則會回家，等著歡迎「我的人」從學校回來。有時候她看起來不大快樂，似乎有什麼煩惱。有時候會掉著淚，哭訴著學生討厭她。我實在不明白，像她這種經常餵貓吃美味點心的人，怎麼會有人不喜歡。為了安慰她，我會把獵物叼到公寓前的小徑送給她。

有時我抓來了肥嘟嘟的花栗鼠，有時是灰老鼠，不過最常抓到的還是小鳥。看到這些禮物，「我的人」會彎下腰，摸著我的頭說：「你真的是全世界最棒的獵人。太厲害了！」接著會用一張白色的紙巾把禮物蓋上。到了第二天早上，牠們就消失不見了。

我始終不明白這些禮物到哪裡去了，她不曾當著我的面把牠們吃掉，也許趁我睡著時悄悄地大快朵頤吧。但我非常確信這些禮物已經減緩不少因為失去以實所造成的傷痛。

當晚上她坐在書桌前，處理桌上一疊紙張時，我對著她唱出天賦「貓」權的慶祝之歌：

我是貓。
潛行徘徊，四平八穩，
在漆黑的夜，
勾引老鼠入我口。
神出鬼沒地誘拐，
年幼無知的兔寶寶離開洞。
尖牙利爪將伺候。
地底下的鼴鼠我嗅聞。

耐心等候。

撲捕，獵殺，大啖其肉。

我是貓。

用包容開放的心傾聽「我的人」的需求，安慰她，讓她慢慢從傷痛中走出。慢慢地她也為我敞開心門。慢慢地，我們實現彼此的心願。

自從我學習傾聽，這麼多年來已經愈來愈熟練習慣六。當「我的人」遭遇挫折打擊，我親吻她的臉，訴說我對她的愛。最後她破涕為笑地說：「達西，只要我們擁有彼此，其他的事都不重要了。」相信我，她說得一點都沒錯。

只要你遵守著習慣六，保持包容開放的心，就能深深地感動你所愛的人。

——達西

給人類

# 記得，內心深處的聲音

在聖修伯里所著的《小王子》一書中，狐狸告訴他的朋友：「只有用心才能看見一切，真正重要的東西，只用眼睛是看不見的。」同樣地，只有用心傾聽，才能察覺真正重要的事。

跟小王子一樣，我也有一隻狐狸朋友教導我用心傾聽。這隻狐狸是一名罹患愛滋病的年輕人——連恩。染病多年後，他開始深切地省思，聆聽自己心裡的聲音。他變得沉穩而平靜。

當我們聊到得病後的心路歷程，從剛知道自己染病時有如身處狂風暴雨中備受打擊，走過了如沙漠般的灰心絕望，到茂密森林中的新苗誕生。發自內心深處的新想法源源不絕地湧現，也影響到我對生命有不同的看法。

漸漸地，我也開始用我的心去傾聽他所說的話，那些超越語言所能形容的感受與夢想。我敞開我的心，接受朋友所給我的最後禮物。再過不久，他就要離開世間，我想記住的不是他的死亡，而是他擁抱生命的喜樂。他所說過的每個故事都感動了我。他笑，我也跟著笑；他哭，我也跟著哭。他奮力抵抗生命中的挫折沮喪，我也是。

我用包容開放的心傾聽朋友訴說一切，我感受到他的願望，感受到他的獨特。並不是因為他的言語讓我明白，而是他活在其中。當我感謝他教導我用心體會時，沒想到朋友告訴我：「蒂，你早就知道用心聆聽了，因為達西已經教會你。」

他說得沒錯，這麼多日子以來，每當我感到傷害失落時，達西就會用她圓滾滾的身體貼著我胸口，眼神堅定且充滿愛意，她望著我，準備聽我訴說一切。

當我撫摸著她的背，她用腳掌輕柔地搓揉我的臉，喉嚨發出溫柔的咕嚕聲，那個時刻，我知道我在她的生命中意義非凡，是最愛她的人。我一語不發，達西卻能明白我內心深處的所有想法。

而我那位摯愛的朋友也讓我學習到沉靜的力量。只有當我們沉靜下來，才能聽見內心深處的聲音。對達西重要的事物，只用眼睛是看不見的。

——蒂

習慣7

# 相信自己的直覺

只有保持心情寧靜時，
才能聽清楚內心真實的聲音。

## 我們的直覺，就是我們的格調

有些事情是貓族所不能容忍的，舉例來說，我就受不了狗。只要一見到牠們我就炸毛。我從來沒見過一隻看得順眼的狗。事實上，我的直覺告訴我：「去死吧！這些狗東西。」

我知道並不是所有的貓都討厭狗，可能你們有些貓還很喜歡和狗一起打混。不過看完了我的故事，你們就會知道我為什麼那麼強調習慣七。你有無法忍受的事嗎？相信並順從你的直覺吧。

我以前沒見過狗，有一次我們搬到位於克萊蒙特的鄉下農莊住上一陣子。新家有著不同的氣味，還有無數美味的老鼠，充滿了新鮮事，一切似乎都很美好。除了立夫特之外，牠是一隻愛找麻煩的壞狗。跟我們同住的另一個女人養了牠。我好不容易感到愈來愈滿意的生活，因為牠的出現而大為掃興。

立夫特最令我討厭的地方，就是每當我到地下室的貓砂盆上廁所時，牠會在樓梯上探頭探腦地偷窺，東聞西聞地發出聲響打擾我。你能想像跟一個流氓同住的心情嗎？我第一次看到牠這種噁心的行為，就大聲地嘶吼出對牠的憎惡：

你以為你是什麼東西？
只不過是個愛捉弄他人的混混，
破壞庭院的無賴，
全身爬滿跳蚤的小賊，
多管閒事的騙子，
隨地大小便的惡棍。

我祝你皮膚長滿疥瘡爛光光，
祝你傷風感冒打噴嚏，
祝你的食物酸臭壞掉，
祝你得到哮喘，
祝你的腿僵硬壞掉，
你以為你是什麼東西？
混混、無賴、小賊、騙子、惡棍。
我是貓，
你給我皮繃緊一點。

搬到農場後，下午的時光我都會在沙發上睡午覺。結果總是被那隻雜種狗發出的惱人嗅聞聲吵醒。我閉著眼不理牠，沒想到牠那討厭的鼻子居然湊得更近。我以迅雷不及掩耳的速度出爪揮了牠一巴掌，嚇得立夫特屁滾尿流地邊哀鳴邊往屋外跑。狗就是需要好好教訓一下才會學乖，侵犯到我的領域的下場就是如此。

除了粗魯無禮外，立夫特還有另外一個讓我討厭的個性：吝嗇。牠總以為放在牠碗裡，令人垂涎的食物只屬於牠。我很快地就讓牠知道，所有碗裡剩下的食物都是我的。

為了報復，立夫特居然溜到地下室，把我的火雞肉罐偷吃光。為了防止牠再度得逞，每次吃飯，我碗裡的食物一點殘渣也不留。看吧，貓就是比狗聰明不少。

如果你也不希望有隻狗闖入你的生活，那麼你就得讓你的人類知道你有多愛他。很少有人類拒絕得了貓的愛。因為害怕失去你的愛，他們一定會乖乖就範。

在我還很年輕時，就清楚地讓「我的人」知道，我絕不可能忍受像立夫特這樣的雜毛狗存在。為了取悅於我，如同我也會取悅於她，她從不曾把狗帶進家門。

說到這裡，我就不能不提醒你們另一件事，有些時候連我們貓族也可能欺負自己人。這時候一定要相信我們的直覺而適時回避。

有一次「我的人」帶我去她哥哥家玩，我們在那裡住了好幾週。那段日子過得真是不舒服。我得和四個粗手粗腳又成天吵鬧的孩子，以及一隻名叫譚美的老暹羅貓住在一起。那隻潑婦從來沒給我好臉色看，第一天見面，我就被她追趕到只能鑽進狹窄的沙發下躲避。她虎視眈眈地守在外頭，發出嘶吼聲，不准我踏入她的地盤。我只能哀怨地祈禱：

別纏著我，你這嘮叨的老太婆。

躲在沙發下，

我覺得惱恨又羞愧。
你儘管去吹噓，
自己贏得了這場戰役，
用怒吼聲嚇跑了敵人。
饒了我吧，你這魔女，
讓我靜一靜，
待在這不配稱為家的屋子中。

就是因為這隻潑婦守在外頭，所以大部分的時間我只能待在「我的人」房裡的床上。隔著一扇小小的窗，看著前院的自由世界。白天只有要上廁所時，才會躡手躡腳的跑到地下室。到了晚上，那隻母老虎回到她的人的房裡睡覺，我才能走到外頭，好好地探索屋內環境。桌椅沙發的位置在哪裡，哪裡又有櫃子抽屜。下次她再攻擊我時，才知道躲到何處比較安全。

就算如此，我還是盡可能閃她遠一點。當她巡視著自己的領土時，忐忑不安的我保持警覺地待在房間裡。還好「我的人」總會記得把房間門關上。然而誰曉得暹羅貓有什麼妖術魔法，我還是時時保持警戒比較好。

那種全身細胞繃緊的日子漫長又令我疲倦。沒辦法，我無法相信她。從一開始我的直覺就告訴我要留意那個壞巫婆，我的直覺是對的。

習慣七：相信你的直覺，真的需要讓步就讓步吧，但我們只是不屑跟他們一般見識而已。這就是貓的格調。

——達西

給人類

# 記得，自己真正的需要

曾經有一位靈媒端視著我的手掌，對我說：「跟著你的直覺走。」這位靈媒或許看出我想成為一名作家，她說：「你將會創作出多本書，只要你相信自己的直覺，讓它告訴你什麼是最重要。」

朋友們也附和地說：「蒂，你擁有極佳的直覺性，讓它帶領你走。」的確，生命中的大小事，我都依賴直覺決定。搬離德通市好不好？我的直覺說好，所以我就帶著達西和以實離開。

和另外兩位教師一起住在農場，會比我自己一人獨住好嗎？現在的我不會這麼選擇，但是當時的我認為和他人一起住比較好。在克萊蒙特擔任教職工作的日子並不輕鬆，我的直覺告訴我要多和別人互動，如此一來才能找到新的工作，認識新的朋友，過不一樣的新生活。

我認識的一位朋友，光是為了挑選一張壁紙，挑了三年還沒結果。這種事我只要走進店裡，大約花一個半小時就能做出決定。我在二十多年前挑中的壁紙，無論樣式或顏色，直到現在我還是很滿意。達西說，傾聽內心的聲音。你的內心會讓你知道該怎麼做。

除此之外，我認為只有保持心情寧靜時，才能聽清楚內心真實的聲音。當我們沉靜下來，你會本能地察覺該這樣做或那樣做。買這個還是買那個。這樣說或那麼說。只要我們願意傾聽。

只有當我們沉靜下來，先將身體所有壓力，從我們的肩膀、手臂到指尖完全釋放掉，進入自己內心最珍貴、平靜或最愛的殿堂，比如對我來說就是達西，傾聽直覺要告訴我們什麼。

當我抱著達西時，因為愛，她能夠將自己的平靜力量，化解掉我心靈所有壓力。她幫助我也變得平靜。

在紛擾的生活中保持平靜，可以讓我們看見自己真正的需要。

——蒂

## 習慣8

# 接受不可逆的命運

當我靜下心來，傾聽內心的，
讓我的直覺做出決定。
我發現當下的局面並非不可改變。

## 我們深信命運和性格

我們除了要相信自己的直覺，認清楚什麼是自己無法容忍的事，同時也必須接受不可逆的命運。介紹習慣八之前，要先說說巴力拜的故事。在我很年輕的時候就認識了這位摯友，我非常想念他。

那一年的春末，「我的人」帶了一隻全身濕漉漉又髒兮兮的小傢伙回到農場。個頭嬌小的他，幾乎只有「我的人」手掌一般大小。相形之下，我的身影對他來說就顯得超級巨大。

她把我們倆都抱在腿上，解釋起巴力拜的遭遇：「達西，不知道是誰把他裝在袋子裡，然後丟棄在樹林中。一個女人發現了他。如果我們不收養他，他很可能會死在那裡。你可以當他的好老師、好姐姐。」

看著眼前這隻滿臉泥巴，耳朵上爬滿了恙蟲，掛著兩行鼻涕，眼屎也快把眼睛黏住的小傢伙，巴力拜需要學習的第一件事，就是把自己打理得乾乾淨淨，否則根本不夠格稱為貓。不過我並不打算教他，因為他的出現就意味著我不再是唯一的貓，他會造成我的願望破滅。從前以實已經妨礙過一次，現在「我的人」居然又帶回另一隻貓。

她把巴力拜放在地毯上，他拔腿就往大門口跑。沒想到那隻長有「十二吋」利牙的雜毛惡犬正好守在那。立夫特先是盯著他看，聞了聞他，接著用鼻子頂了頂這隻全身臭烘烘的小貓。

巴力拜被嚇到瞬間彈飛了起來，同一時間屎尿齊放，噴得到處都是。接著落回地面，瘦弱的身體貼平在地，動也不敢動。立夫特也被這突如其來的動作嚇得連連往後退。

當巴力拜落回地面時，毛髮也沾到木頭地板上的穢物。他目不轉睛地看著自古以來的宿敵。當立夫特再次用鼻子往前嗅了嗅，巴力拜被嚇到又吐了出來，接著拚命想往高處躲。屁滾尿流再次從天而降，最後筋疲力竭地癱軟在地。

「我的人」見狀笑了出聲，而我則感到羞恥地轉過身去。

巴力拜真是將貓族的美德與榮譽都破壞殆盡，他居然當眾大小便，而且不止一次。是兩次。

「我的人」小心翼翼地把巴力拜抱進浴室，打算在臉盆裡幫他好好洗個澡。我跟著走進去。不得不說就洗澡這件事，他的表現總算沒丟貓族的臉。他奮力掙扎，頑強抵抗的態勢，體形比他大上兩倍的貓表現也不過如此。

洗淨滿臉的眼屎鼻涕以及全身的髒汙後，巴力拜算得上是隻漂亮的小貓。四個白腳掌加上一身香檳色的金黃長毛格外醒目。

「我的人」把他放在地上，我開始舔理他的毛髮。巴力拜舒服地躺了下來。在那個瞬間，我決定打開心房接納他。然而接下來的日子，「我的人」花了更多的時間陪伴他，讓他舔自己的臉和手指。她細心地為他梳理絲綢般的毛髮，餵他吃美味的點心。每天我們外出散步時，也一定抱著他一起走。顯然巴力拜為她帶來極大的喜悅。我只能唱出心中的失落。

我這一生只有一個心願，
一個信念，
唯我獨尊。
一隻貓，
一個人，
我只需要一個人，
就是你。

從現在起，當她走進房間時，我會把頭撇開，拒絕她為我梳毛。當我們沿著農場後頭的泥土路散步時，我不再先跑到前方，再停下來回頭等她。我不再帶回獵物送給她，也不再為她傾訴愛之歌。然而我的行為改變並沒有發生任何影響，她還是一樣需要巴力拜。

奇怪的是，我似乎也慢慢開始喜歡他。這個可憐的孤兒懂得如何取悅我，對於我的智慧，他表現得十分尊崇，客氣而有禮貌，的確討人歡欣。所以當我一方面哀悼自己不再是唯一的貓時，另一方面也歡迎巴力拜進入我的生活中。他成為我從不曾擁有過的孩子。因為他為「我的人」和我帶來歡樂，我也開始接納這個不可違逆的命運安排。

但是要知道，所謂不可違逆，跟無法忍受的命運是不同的。有些事註定要發生；而有些無法忍受的事，只要堅持抗爭，學會用高亢的歌聲表達心中不滿，就可以阻止它發生。接下來我就要示範如何避免無法忍受的事發生。

在我的生命旅程中，曾經一度遭遇飲食內容的改變。我也因而學到了一個新名詞——「吃素」。「我的人」某天突然不再想吃肉，她要求我和巴力拜也要跟著吃素。巴力拜毫無怨言地接受這樣的改變，而我當然無法忍受這種鳥事發生。

我拒絕吃任何碗裡的食物，同時擺出一副餓到快昏倒的表情。我聞了聞那些難吃的飼料，然後用手把碗推開，滿臉輕蔑地轉身就走。「但是達西，別的貓都會吃這種乾糧啊，你就試試看嘛。」她拜託著我。

門兒都沒有，我絕不會吃它。

當一起散步的時間到時，我總是獨自走進食品儲物間，聞到那些跟木屑一樣無味的的食物後，我抬起頭，高唱著：

我的食物跑到哪裡了？

濃郁多汁的內臟呢？
淋上醬汁的肝臟呢？
油脂飽滿的鮪魚呢？
肉汁鮮甜的牛肉呢？
我才不會碰這些乾乾，
它們根本稱不上是食物，
難吃
無味
噁心
討人厭
味蕾敏銳又有品味的貓知道什麼叫美食，
把我的食物還來，
還我可口多汁的各種肉食，

我不會碰這些爛東西，
我不會對它投降，
把好吃的端出來，
否則我一口也不吃。

經過我不斷地抗議，到了第三天，「我的人」終於認錯，重新端出鮪魚罐和火雞肉罐。可口的食物和勝利的滋味是如此美妙。

現在你可以分辨出不可違逆和無法忍受的差別了嗎？接受不可逆的命運，拒絕不可容忍的事，跟隨著習慣八吧。

——達西

給人類

## 區別「做出選擇」與「無法選擇」

要怎麼區別不可逆和無法忍受的差別？對達西來說，她可以輕易地分出兩者間的不同。她知道我對巴力拜的愛屬於不可違逆；但是當我帶了第三隻貓回家時，她就無法容忍，整整一年之久都躲在儲物間裡，若非必要否則絕不離開那裡。

那一整年，她不再對我說話，也不再躺在我懷裡或舔我的手指。她傳達出的訊息非常明顯：「我絕不願意跟太霸住在一起。」最後，我只好為太霸另尋一個新家，有位農夫收養了他，並且對太霸獵鼠的能力超級滿意。

我無法每次都分得清楚不可違逆和無法容忍的差別。我曾經歷過兩次嚴重的身心創傷，因為我無法在生活與工作之間做出正確取捨。

但是當我靜下心來，傾聽內心的聲音，讓我的直覺做出決定。我發現當下的局面並非不可改變。我的工作讓我難以忍受，我可以選擇離開。我未來的生活方式由我掌控。

——蒂

什麼事屬於不可違逆的範疇？那些必然會發生的事，例如孩子會長大，我們的身體機能會愈來愈衰退。老化或死亡都是人生遲早得面對的不可違逆命運。隨著歲月流逝，我們的身體一定有所變化。除了面對生老病死，因為愛，無私的奉獻付出，也是一定會發生的不可違逆情感。

因為愛，如春風化雨，豐富了我們的生命，幫助我們成為自己理想中的樣子。無條件付出的無私之愛，能讓我們的心靈成長茁壯。

這樣的成長必然發生，如同英國詩人傑拉德・曼利・霍普金斯所說：「上帝的榮光如振動的金箔，光華四射。」達西相信偉大的貓神會帶領我們進入愛的國土。這也是必然會發生的事。

習慣9

# 哀悼損失

我們要哀悼損失，
當我們失去一個摯愛的動物，
在悲傷的同時，
不要忘了緬懷曾經相聚時的美好時光。

# 我們永不改變的愛

除了以包容開放的心傾聽人類的需求之外，我們也需要陪同他們一起哀悼。告訴你們我是怎麼做的。

在巴力拜大約八歲的時候，我開始注意到他的耳朵上出現一些斑點和皮屑。我試著舔掉它們，但這些症狀並沒有好轉。看完獸醫之後，「我的人」開始餵巴力拜吃藥，同時在皮膚上塗抹藥膏。接下來的日子他的體重仍不斷減輕，所以上醫院的頻率也變得愈來愈頻繁。儘管如此，巴力拜日漸消瘦的問題並沒有得到改善。他的面容憔悴，原本美麗的毛髮變得暗淡無光，眼眶凹陷而眼球也變得愈來愈凸。

有個晚上他離開家，到了早上還沒回來。我以為他已經永遠離開我們了，但過了不久就聽到他的抓門聲。那是多麼悅耳的聲音啊，我急忙跑到門前，等著「我的人」為他開門。

只見巴力拜拖著疲憊不堪的身軀，奮力爬進屋內。她趕緊抱起他，聲音顫抖著說：「你到哪裡去了？你怎麼可以這樣對我？我四處找都找不到你。」

她激動地邊說邊搖晃他的身體，完全不明白巴力拜抗拒了偉大貓神的呼喚，費盡一切力氣回來找她。因為她也是「他的人」。

心疼無力躺臥在地上的他，我用身體圍繞著巴力拜。「我的人」焦慮地來回踱步，不安地擰絞著手，呼吸短促。嘴裡不停地喃喃低語，一遍遍央求巴力拜不要嚇她。

她難道看不出巴力拜有多麼虛弱嗎？難道沒注意到前一晚上，他幾乎已經無力爬上樓，最後還是她把他抱上床的。有如燈油耗盡的他，用盡一切力量回到她身邊，只是想再告訴她一次自己有多愛她，因為他已經快要死了。我不認為「我的人」明白這一點。她是個單純的好人，但是卻總看不清楚事實。她的聲聲呼喚無法改變任何事情，巴力拜就要離我們而去。

接下來的幾天，巴力拜的情況變得更糟。我只記得最後一晚，他舉步維艱地慢慢爬上通往臥房的階梯。隔天一大清早，「我的人」和朋友匆匆開車離家，把我獨自留在家。

一會兒後她回來，手裡抱著一個塑膠盒。才走上門廊就癱軟地跪了下來，用力捶打牆壁，哭著說：「巴力拜，我真的不知道你病得那麼嚴重。我真的是瞎了。我不能沒有你。」

她哭了很久，最後筋疲力盡地直接躺在地上。過了好一會兒，才起身走向後院。找到一處還沒有因寒冬而結凍的土面，挖了一個深洞，然後把塑膠盒埋入洞中。

我們一起站在他的墳前。「我的人」哭著向巴力拜道別：「我會永遠愛你，永永遠遠。你帶給我那麼多喜悅，我真希望你永遠不會離開我，對不起，我真的捨不得你走。」

巴力拜走了，他所有的美好與溫柔也跟著一起消失了。

為了安慰「我的人」，我對她傾訴最甜美的愛意。當她倚臥在沙發時，我躺在她腿上陪著她。當她凝望著窗外，凝望著埋藏巴力拜身體的花園時，我在她腳踝旁來回磨蹭。夜裡，我歌詠著這麼多年生活在一起的回憶，哄她入睡。

他走後的前三天，我難過得吃不下飯。躺在曾經有著巴力拜身影的長椅上思念他。現在我要把我全部的愛都給「我的人」，而她也感受到我的心意，低語著：「達西，我知道，現在只剩下我們倆了。再一次只剩下我們倆。」

慢慢地我們從傷痛中走出來。每天早晨，我會親吻她的臉頰，搓揉她臉旁的枕頭喚醒她。她用被子蓋住臉不想起床，我就直接隔著被子坐在她頭上，開始歌唱。最後她終於起床，滿臉倦意，眼神渙散。

等到她走到樓梯口，我從床上跳下，跑到樓梯間，把頭探出扶手，歌詠著我的愛：

我在這兒，我的人啊，
準備好安慰你，
和你一起度過傷痛，
我對你的愛堅強穩定，
永遠不會改變。

聽完我的歌，她的臉上出現一抹淺淺的微笑。伸出手撫摸樓梯扶手間的我，對我說：「又過了一天，達西，又是一個沒有巴力拜的日子，現在只剩下我們了。這麼多年來，還是只有你和我。」

雖然我們都很想念那位老友，但我們還是得建立起一個沒有巴力拜的新生活模式，一個只有我們倆的生活模式。過去的八年間，因為巴力拜進入我們的生活，我幾乎已經忘了自己最初的願望。他帶給我們許多快樂，讓我們的生活變得美好而有意義。我愛他，把他當作我親生的孩子般對待。

現在他離開了我們，我內心深處的願望將要成真。「我的人」成為心願中的「單貓人」。儘管如此，我還是想念我的老友，在他死後，每天我都會到他墳前，唱出我對他的思念：

彬彬有禮的你，
舉止直率又瀟灑。
溫文儒雅的你，

是難得理想的伴侶。
知足常樂的你，
散發出自然的美與幸福。
雖然你已離去，
你的美好和愛永與我同在。

巴力拜留給我和「我的人」的回憶是如此溫暖美好，我們經常徘徊在埋葬他的金針花花圃悼念他。我躺在花叢下回憶他的美好，而她在那裡禱告。對於他的離開我們一直感到傷痛。

習慣九很重要，特別是當我們的人類因為失去而感到空虛孤獨時。當那一天發生時，我們會在他們身邊大聲地訴說出永恆不變的愛。

——達西

給人類

# 記得，那曾經的美好時光

當遇到生命巨變或失去摯愛時，很多人會選擇緊閉雙唇，不願意表現出心中的哀悼。失去某人的傷痛十分沉重，他們可能是我們的好友，我們的親戚，我們的摯愛，我們的骨肉。我們懷抱的夢想或願望可能因而隨之幻滅，甚至動搖我們對於生命的信念。

當巴力拜死時，我的世界崩解分裂了。他的離開，象徵著我們合而為一的永恆之愛被摧毀。過去每當我盤腿祈禱時，巴力拜總喜歡爬到我腿上，在那兒安穩入睡。當我向偉大貓神祈福時，巴力拜和我都同時受到神的祝福。我們同時被喜樂和愛所包圍，心中感到一片祥和。

巴力拜在星期一離世。我必須請假才能帶他的遺體到獸醫院，之後把他埋葬在車庫旁的金針花花園下。下午回到家，我跪在餐廳的地上，用拳頭捶著牆壁，哭喊著求他回來，求他不要離開我，我不能沒有他。

當時我沒有料想到，巴力拜的死居然會造成中年生活危機，接下來整整三年我都一蹶不振。即使達西不斷地安慰我，都不能讓我走出傷痛。

他走後的隔天，星期二我回去上班。我告訴養了兩隻狗的老闆關於巴力拜的死訊。沒想到她居然說：「好極了，現在你可以養隻狗了。」完全不在意我有多麼難過。

到了星期四，我的雙眼仍因為哭泣而紅腫。我對一位朋友說：「這是我所經歷過最痛苦的事。」

滿臉不可思議表情的朋友看著我說：「只不過是一隻寵物死了，

你的反應也有點太超過了。你需要去看一下心理醫生。」

綜合朋友們的反應，他們覺得：因為失去一隻動物而難過，是一件可笑的事；巴力拜可以被任何一隻動物取代；我可以去收容所再領養一隻貓，如果養隻狗的話更棒；我的反應太神經質了；我需要接受心理治療。

巴力拜死後的數年間，我遇到不少同樣因寵物死亡而傷痛的人。他們告訴我，的確很少人能理解失去心愛寵物時的悲傷。一位年輕的女士告訴我，當她的貓死時，未婚夫想請假陪伴她，卻換來同事們的一頓嘲笑。

我們要哀悼損失，當我們失去一個摯愛的動物，在悲傷的同時，不要忘了緬懷曾經相聚時的美好時光。生命中有許多大大小小的生離死別時刻，例如丟了工作、與好友別離、孩子比我們先離世等等。無論這些失去是大是小，我們都要學習從容地道別，誠實而優雅地面對自己脆弱的心靈。

有些人不了解為何會因動物死了感到痛苦，是因為他們不知道我們並非失去一隻寵物，而是失去一位家人。對於單身的飼主來說，他們失去的是一整個家。

巴力拜死後，我告訴我的嫂嫂：「如果失去丈夫或孩子的痛苦，會比現在更煎熬，那麼我很慶幸自己並非身為一個母親或妻子，因為我無法承受更大的傷痛了。」我是說真的，失去巴力拜的日子，是我此生遭遇最煎熬難過的時刻。

即使到現在，我仍然無法走出傷痛。他是如此的美好。

——蒂

## 習慣10

# 為所愛安排回憶

想想看哪些是我們所喜歡的回憶。
如果我們喜歡，
那麼它們也將會是別人喜歡的回憶。

給小貓和大貓

# 我們懂得製造幸福回憶

習慣十能為你以及你的人類的生活帶來改變。你們在日常生活中一定要反覆練習以下這件事：將回憶深植在你的人的心中。我已經老了，偉大的貓神再過不久就會召喚我到祂的身邊。但是我已經將許多回憶埋藏在「我的人」的心裡。在我離開後，這些回憶能撫慰她傷痛的心。

要和你們分享的是，如何簡單地把日常生活變成回憶，在我死後仍能永遠陪伴她度過餘生。

每天早上，我會將自己的鼻子貼著她的臉頰，叫她起床。「不要吵我，達西，不要吵我，讓我再多睡幾分鐘。」她嘟囔著。最後還是打消再睡一會兒的念頭，不甘願地起床準備我的早餐。我們會一起分享食物，當然她不會吃放在地上我碗裡的食物，那些只屬於我。不過既然她是「我的人」，我可以吃她的食物。

她吃早餐時，我會將頭枕著她的手臂，躺在餐桌上。她會留給我一些牛奶和麥片，而我也會不客氣地把它們吃光。事實上，我會享用她所有的食物，不只有早餐而已。

我喜歡吃的東西其實很簡單：淋上巧克力醬的香草冰淇淋、全麥麵包配蘋果果醬、奶油蕃茄湯、塗了花生醬的貝果、奶油爆米花、美國起司，還有洋芋片。我最愛的是扁豆湯，在「我的人」改為吃素後，我的每一餐食物裡都會淋上扁豆湯。味道真的不錯。

吃完早餐後，我會到放在地下室的貓砂盆上廁所，順便巡視一下放在那裡的花盆、紙箱以及露營用的物品等雜物。之後回到客廳，跳上靠在窗前的藍色沙發椅背上。

把蕾絲窗簾推到一旁，鼻子貼著窗戶觀察街道上的動靜。我不喜歡冬天，那時玻璃上會結一層霧霧的冰霜，我就無法發現是否有雜毛狗膽敢跑到我的地盤上撒野了。

有時我會坐在廚房的突出窗台上。「我的人」為了討我歡心，在院子裡掛上一個餵鳥器，吸引鳥來進食。我還真希望那些鳥能穿越玻璃，飛進屋裡來。

幻想著我的雙掌把玩著那些鳥，牙齒興奮地不由自主打顫起來。「我的人」在一旁撫摸著我的背，用同情的口吻笑著說：「牠們把你逗得心頭癢癢的，對不對？」

當陽光灑落在餐廳的地毯上，那是個溫暖的打盹地點。「我的人」也會走到我身邊，伸伸懶腰，陪著我一同舒服地躺在地上。她搔抓我的耳後，順著我的鬍鬚撫摸我的臉。

我經常待在戶外玩，而她不時就會走到廚房窗前，看看我在外頭做什麼，知道我沒有跑遠而感到安心。只要不會讓我感到不舒服，我會盡可能順著她的心意。

每一天我都會精心在「我的人」心中留下回憶。她喜歡看我躺在荷包牡丹花圃下。下雨時，我會縮著肩躲在枝葉下避雨，聽到她站在後門呼喚我才跑進家門，她已經準備好毛巾將我擦乾。

夏天時，她會在院子裡拔草整理花園，一邊跟我解釋自己在做什麼。「這些是落新婦，等它們長好，明年就可以分枝了。」或者「今天我準備種些百合花。我要幫它們施些骨粉和硫酸鎂肥料。」

一開始我會耐心地聽她說明，但是沐浴在溫暖的陽光下，很快地就開始打起瞌睡。這時她多半都會停下手邊的工作，抱起我，溫柔地在我耳邊說話。我們從彼此的眼神中看到濃情密意，都幸福地笑了。

夏日的夜晚，吃完晚餐後我會躺在走廊乘涼。想進屋子裡時，我會走到紗門前，低頭從門縫下看著屋內，看著「我的人」坐在沙發上閱讀。

我們之間已經培養出非常好的默契，因為每當我這麼做時，她總能感受到我的目光。會立刻從椅子上起身，前來開門，再把我抱到搖椅上。我喜歡在那裡舔理自己的毛髮。

她會把腳蹺在搖椅上。等到我打理好自己，就會踩著她的腳走向她，蜷縮在她的大腿上。她會放下手中的書本，跟著我一塊兒閉目休息。依偎在一隻沒有鬍鬚的貓的溫暖身軀旁，我很快地就進入夢鄉。

我們會一起在臥房裡看電視。她坐在搖椅上，用手把我抱起。我的屁股坐在她大腿上，背靠著她的胸口，而她的手掌則扣握在我肥嘟嘟的肚子上，然後一起觀看螢幕上變動的畫面。當我還是小貓時，曾經誤以為這個神奇盒子裡住著許多老鼠或其他動物，但是怎麼抓都抓不到牠們。

再晚一點，「我的人」會躺在床上看書，我也會跟著跳上床，躺在她的胸前，聽著她的心跳聲哄我入睡。一會兒後，她會關上燈躺下，而我則蜷縮在她彎曲的腳旁，養精蓄銳準備迎接另一個黎明。

這些就是我所營造的生活回憶。請你們也立刻開始培養這個好習慣，當我們最終要別離時，回憶能安慰你的人。

——達西

# 記得，留下愛而不是傷害

我們每個人都應該為我們所愛布置回憶。習慣十的精髓就是豐富我們所愛者的生命。我們最難忘的的記憶是什麼呢？覺得被愛、被重視、被誇讚，或是受到尊敬？

也許是來自同伴口中說的：「我好喜歡你說的這個故事。」「我喜歡你的夢想。」「你真有創意！」「你的手真靈巧。」或者是「你讓我覺得自己是世界上最棒的人，但我其實知道最棒的人並不是我，而是你。」

想想看哪些是我們所喜歡的回憶。如果我們喜歡，那麼它們也將會是別人喜歡的回憶。

不要留下讓人覺得受傷害，或者充滿怨恨的回憶。留下充滿愛，讓人感到光輝燦爛時刻的美好回憶。它們能提供邁向新生命的源源不絕動力。

——蒂

習慣11

# 活在當下

活在當下的意思，
就是好好享受今天。
我們會變得更有幽默感，
生活中也充滿更多喜樂。

## 我們不擔憂未來

活在當下的意思，就是好好享受今天。巴力拜死後，我長久以來的願望總算實現。不過去年秋天「我的人」做了一件從來沒做過的事，我的生活又往前邁入另一個新境界——她帶我一塊去露營。

過去幾年，她總是會和朋友外出幾天，把我單獨留在家裡。雖然每天會有陌生人來家裡餵我吃飯，伙食內容也不差，但我總是感到胃口不佳。缺少了她在旁讚美我有多麼美麗，我也提不大起勁打理毛髮儀容。我想念她，在屋內四處尋找她的味道，並且哀悼我的孤獨。

等到她回來，我會大叫地唱出心中的失望情緒，告訴她我獨自忍受著寂寞，獨自面對漆黑的夜，即便如此，歌曲中仍充滿我對她的愛。

你是我的人，
永遠不會改變。
別再拋下我，
我是達西。
珍惜甜美的我，
回應我所請求，
日復一日，
聽我歌詠美好的每一天。

她終於敞開心門傾聽了我的要求。隔年九月就帶著我一塊露營，進入樹林展開我們的大冒險旅程。

在九月末一個寒冷的清晨，我們離開了靜水城，前往蘇必略湖北岸的醋栗瀑布。她和她的朋友找到一處適合紮營的地點，搭好帳篷。那時我才明白原來露營的意思，就是大家都擠進一個帳篷，免得風吹雨淋。

晚餐過後，「我的人」和朋友圍在營火旁玩遊戲，我則待在帳篷裡。夜裡很冷，我鑽進她的睡袋和她一起睡。早上起床時，發現地鋪上頭沾滿了露水。

接下來的三天都很無聊，因為雨下個不停。直到第四天陽光才露臉，我終於可以外出探險了。我先繞了帳篷一圈，嗅聞是否有誰偷偷潛近我的地盤。舔了舔露水。之後在帳篷周圍察看，檢查放在外頭的食物、營火以及桌椅等露營裝備。

之後跳上區隔停車場與露營區的水泥圍牆上休息一下。一旦發現來自其他營地的狗輩接近，就立刻躲回到帳篷裡。那些吵鬧不休的東西真的很討厭。不過即使如此，牠們也無法破壞我出來玩的好心情。

除了下雨的那幾天外，露營的生活還滿好玩的。每天「我的人」都會跟我在附近閒逛，我很享受這種悠閒的步調，一點都不會想家。活在當下，我有「我的人」陪伴，她的氣息，撫摸和聲音都讓我感到安心喜樂。

晚上將我帶進帳篷前，我們會再次到附近散步。一路上她都會用燈光照亮著我，任憑我嗅聞馬路兩旁的樹叢。有時候我會追蹤樹叢中其他動物留下的氣味，她會立刻抱起我，以免我走得太遠。對於這點，我有意見要表達：

露營很無聊，如果不能隨意跑。
潛行探勘，以便布下天羅地網。
無論你膽大還是膽小，都別竊笑，
暗黑的深夜，神乎其技將展現。

雨打在帳上，我氣定神閒，
陽光露臉，猛虎出柙狩獵。
擬定攻略，靜觀其變，
張望嗅聞，最細微的行蹤也難逃我手。
達辛妮亞，將是你們命運的終點。

讚賞露營有趣，我咕嚕嚕又喵喵叫，
我的人同行，活在當下真好。

貓族習慣生活在熟悉的固定住所，所以當我覺得出外露營的每一項活動都很有趣時，連自己都感到意外。我想其中最重要的原因是，我和「我的人」在一起。生活在樹林裡的這幾天，我想通了一件其實原本就知道的事：活在當下，及時行樂。

和她在一起的每一天都充滿喜悅。就算沒有鮪魚罐罐吃也無所謂。我也不會擔心明天的伙食好不好這種問題，因為我活在當下。

貓族並不像人類，經常為過去發生的事而苦惱，又會對未來感到憂心忡忡。所以當我們練習這項習慣時，也可以幫助人類把目光擺在當前，好好享受此刻時光的美好。

——達西

給人類

## 記得，無憂無慮享受當前

達西教導我要活在當下，除了她以外沒有人這麼做過。遇見達西前，我總是為自己過去犯下的錯誤感到懊惱，對於未來也感到徬徨茫然。何況對於當下更是視而不見。

因為個性的不成熟，所以我過去的日子活得並不光彩。又因為改不了個性，所以未來的發展也看不到會有什麼突破。看看現在的自己，似乎是一文不值。每天渾渾噩噩地過日子，自怨自艾。

我一點也不喜歡現在的自己。但是又拒絕敞開心門去改變現狀。我閉上眼不想面對自己，因而也無視嫩葉從枝幹上舒展開的生命律動；無視孩童第一次看到初雪的驚喜；無視朋友捎來信件中的關懷。

直到達西的出現，每天早晨，我看著她浸浴在陽光下，無憂無慮地享受當前。從不會為下一餐是否有著落而煩惱；不用擔心外頭下雨時，家門是否會為她開啟；或者有沒有人幫她把砂盆清理乾淨。因為她的表現，讓我開始學習用信任與希望的心情迎接每一天。

露營時，有一段充滿歡笑的時光特別讓我懷念，我和一位多年的好友——安妮特策劃了那次露營。第一天晚上，晚餐後我和達西一塊兒散步。送她回帳篷休息後，我和安妮特便坐在營火前玩紙牌遊戲。

玩到十點左右，安妮特想要上廁所而中斷遊戲。而我先前已經走了很遠的路，有點疲倦，所以也打算上個廁所後就睡覺。九月底的夜裡非常冷，我先是換上粉紅色的棉質衛生衣褲，套上法蘭絨睡袍，接著努力把自己塞入條紋羊毛襯衫，最後再穿上藍色的厚羽絨背心。想了一想，再加件綠色風衣好了。

腳上穿著黑色羊毛襪和登山鞋，頭上戴著綠色針織毛帽，帽簷可以下拉蓋住眉毛。手上戴著紅色滑雪手套，一層層包裹好之後，搖搖晃晃地走向廁所。

廁所內空無一人。不過就當我走進隔間，關上門時，另外一名遊客也走了進來，正好待在我隔壁間。我可以看到隔板下她的鞋子。

辦完該辦的事後，我又費盡九牛二虎之力，想辦法讓一層層衣服就定位。一邊喘著氣，一邊隔著法蘭絨睡袍調整最裡層的衛生衣。走出隔間時，再把剛才一陣混亂穿搭時跑出的頭髮塞回毛帽裡。

站在鏡子前打量著自己，綠色毛帽下的肥胖鬆垮的臉頰，多層衣服包裹下的胸圍差不多有三呎寬、二呎厚。厚重眼鏡下的雙眼已經被營火燻烤到佈滿血絲。

這時，隔壁間廁所走出一位年輕女士。她低著頭似乎在包包裡尋找什麼，沒注意到我正站在那兒。突然間她抬起頭，看了我一眼，接著發出驚恐的叫聲，拔腿狂奔，消失在廁所外的黑夜中。

我一路笑個不停地回到營地。

安妮特看到我的裝扮也開始放聲大笑，笑到眼淚流個不停。接著我告訴她剛才上廁所時發生的事情，說到那位消失在黑夜裡的女士時，安妮特所坐的摺疊椅，終於承受不住她那因為不停地笑而顫抖的肥胖身軀，應聲倒地，正好跌落到營火堆中。還好火早已熄滅，灰燼也已經冷卻。

我們兩人想像著那位女士，慌慌張張地跑回自己營區，告訴朋友上廁所時的奇遇：「你們不會相信我剛才看到了什麼，快跟我來，那頭怪獸現在一定還待在廁所裡。拜託你們一定要相信我。」接下來的夜晚，那位女士八成會燈籠不離手，以免再度撞見來自蘇必略湖的怪獸而被嚇一跳。

那晚的遭遇讓我印象深刻，直到現在每當安妮特和我聊天時，一定少不了九月底夜裡發生在醋栗瀑布的妖怪橋段。甚至她只要提及：

「還記得那位可憐的女士嗎？」我們兩人就可以一直笑個不停。

活在當下，如同達西教導我的，我們會變得更有幽默感，生活中也充滿更多喜樂。不僅如此，當你和朋友分享喜悅時，我們同時實踐了習慣五和十一。

——蒂

# 習慣12
# 分享真實的自我

每個人都應努力讓自己變成值得信賴，
可豐富他人生命，協助實現夢想的人。

# 我們活出最真實的貓生

我生命中的過去幾年，我完完全全地敞開心門面對「我的人」。這也是實踐習慣十二時必須做到的事。以下故事可以讓你們知道，我是如何把最真實的自我展現在她面前。

不騙你們，生活在一起那麼多年，「我的人」居然真以為我喜歡跟她蓋同一條被子，緊靠著她而睡。我一點都不喜歡這樣睡，因為萬一半夜有妖怪出沒在床邊，我需要足夠的空間逃跑躲避。

上床睡覺時，她總喜歡把我抱到懷中，拉上被子蓋住我們倆，之後關上床頭燈。一開始的時候我都任她擺布，一點也不掙扎。沒想到就讓她以為我也喜歡這麼做。

一陣子後我會把鼻子探出被子外，接著跳下床，跑下樓，坐在我專屬的咖啡色椅子上。一會兒後我會回到床上，睡在她彎曲的腳後方，不用說一定是睡在被子上。

過去幾年我的身體日漸老化，健康狀況也大不如前。現在我和「我的人」都以最真實的自我呈現在彼此面前。晚上睡覺時，我會蜷縮在被子上，依偎在她溫暖的身旁。我相信萬一門外真的出現怪獸想對我伸出魔爪，她也會保護我不受侵犯。

「我的人」也信任我，讓我躺在她懷中一起向上天祈禱。她知道很多人的名字，像是亞伯拉罕、抹大拉的瑪利亞、羅梅羅大主教、多蘿西戴伊、甘地、馬丁．路德．金恩、西蒙、韋伊等等。我聽到她向這些人說話，請求他們向偉大的貓神賜福給我。她祈禱的態度是如此虔誠，我知道偉大的貓神一定會應許她的祈求。

在我生命的後期，學會了這最後一個習慣，分享最真實的自我。我和「我的人」彼此間的愛是深長久遠，永恆不變。我相信這份愛，相信偉大的貓神會永遠賜福我們。

——達西

給人類

## 記得，每一天的勇氣和希望

對於大多數的人們來說，達西的最後一個習慣並非那麼容易實踐。不要說與人分享這件事難以做到，我們甚至根本不了解什麼是真實的自我。想要更真切地認識自我，我們需要請求偉大的貓神給我們一些指引，一些提示。

不過還有另一件重要的事，就是信任。在我們得到啟發而認識自我時，要能夠相信自己。很多人不相信自己，不信任自己的的直覺，不認為自己能走上通往幸福圓滿的黃磚路。

如果我們連自己都不信任，又怎麼可能去相信別人呢？我們怎麼願意將自己內心深處最幽暗的祕密昭顯在他人面前？怎麼敢讓別人知道自己的需求、渴望或夢想呢？

為了追尋前方的愛，我們敢站在懸崖邊，勇敢地跨越深淵嗎？

達西並沒有告訴我要如何解決這些難題，但我相信貓族天生就清楚知道自己是誰，要什麼，而且充滿自信。為了找到自我，我們一定要認識自己，而且相信自己。

生活了一段時間，當達西願意與我四目相交，眼神毫不閃避地看著我時，我知道她已經完全信任我。貓不像人類會直視他人的眼睛，因為雙眼盯著對方看，是展現統御權力的表現。不過倒是花了幾年的時間，她才願意讓我用一種特別的姿勢抱著她。

我的雙臂環繞，讓她背脊朝下的仰躺在懷中，露出對動物來說最脆弱的腹部。她完全相信我會保護她。當她望著我的臉，我可以從她深邃的眸中看到濃情密意，感受到彼此間愛的交流。

我們對彼此的信任如同黎明冉冉上昇的陽光，歷久彌堅。我們能不停地學習了解自我，同時認識對方眼中的自己。達西知道我絕不可能做出任何傷害她的事，將百分之百的自己與我分享。

而當我坐在沙發上、躺在床上或者地上時，達西會走過來，將身體靠著我，我也向她展現百分之百的自己。告訴她我的擔憂或夢想、我的恐懼或願望、我的挫敗或勝利。也許有人會覺得這麼做很傻，沒有意義。畢竟她只是一隻貓。

沒錯，她是一隻貓。但她是一隻將全部的愛都給了我，完全信任我的貓。當我向她傾訴時，達西堅定不移的愛擁抱撫慰了我，我相信她完全能感受到我想表達的事。因為如此，也讓我產生面對未來每一天的勇氣與希望。

詩人丹尼爾・貝里根在他的詩集《沒有號碼的時間》（Time Without Number）中說道：「真與美，掙扎於穹蒼風中。難以險勝。」

每個人的每一天，可能都會為了追尋真與美而奮戰。唯有當我們受到無條件的愛所祝福，才能贏得最後勝利。所以每個人都需要找到能將自己完全交付的可靠對象。同樣的，每個人都應努力讓自己變成值得信賴，可豐富他人生命，協助實現夢想的人。

了解自我也被人了解，去愛也被人愛，這就是幸福生活的祕密。

我蒙受來自達西的愛，也同時受到偉大貓神永恆不變的祝福。

——蒂

Titan 146

# 貓給你：受用一生的禮物

作　　者｜蒂・瑞迪（Dee Ready）
譯　　者｜屈家信
出　版　者｜大田出版有限公司
台北市一〇四四五中山北路二段二十六巷二號二樓
E-mail｜titan@morningstar.com.tw http：//www.titan3.com.tw
編輯部專線｜（02）2562-1383 傳真：（02）2581-8761
總　編　輯｜莊培園
副總編輯｜蔡鳳儀
校　　對｜黃薇霓／黃素芬
內頁美術｜陳柔含

初　　刷｜二〇二二年八月一日 定價：二九九元

網路書店｜http://www.morningstar.com.tw（晨星網路書店）
TEL：（04）23595819 FAX：（04）23595493
購書Email｜service@morningstar.com.tw
郵政劃撥｜15060393（知己圖書股份有限公司）
印　　刷｜上好印刷股份有限公司
國際書碼｜978-986-179-751-9 CIP：874.6/111008646



國家圖書館出版品預行編目資料

貓給你：受用一生的禮物／蒂・瑞迪（Dee Ready）著；屈家信 譯. ——初版——台北市：大田，2022.08
面；公分. ——（Titan；146）
ISBN 978-986-179-751-9（平裝）
874.6　　111008646